KB120706

그 잠깐을 사랑했다

시작시인선 0464 그 잠깐을 사랑했다

1판 1쇄 펴낸날 2023년 3월 17일
1판 2쇄 펴낸날 2023년 10월 24일
지은이 여영현
펴낸이 이재무
기획위원 김춘식, 유성호, 이형권, 임지연, 홍용희
책임편집 박예솔
편집디자인 민성돈, 김지웅, 정영아
펴낸곳 (주)천년의시작
등록번호 제301-2012-033호
등록일자 2006년 1월 10일
주소 (03132) 서울시 종로구 삼일대로32길 36 운현신화타워 502호
전화 02-723-8668
팩스 02-723-8630
블로그 blog.naver.com/poemsijak
이메일 poemsijak@hanmail.net

ISBN 978-89-6021-703-4 04810
978-89-6021-069-1 04810(세트)

값 11,000원

그 잠깐을 사랑했다

여영현

천년의 시작

시인의 말

칼 마르크스가 다녀간 뒤에도 여전히 의문은 남았다. 그건 내가 잠깐 타오르는 불의 근원이거나, 파도의 뿌리였기 때문이다. 모든 게 순간일 뿐이다. 그런데 너무 할 말이 많으면 일렁이게도 되고, 너무 아프면 반짝이게도 된다.

당신 곁에 눕던 이생의 등뼈, 먼 섬들이 편도처럼 부었다. 나는 중심의 파동을 느낄 때 내 몫의 뿌리를 끌고 갈 것이다.

진짜는 무엇을 변하게 한다. 지나가거라 세계여, 그 잠깐을 사랑했다. 내 운명은 내가 선택할 것이다.

차 례

제2부 나는 집으로 가는 길을 몰랐다

제3부 그렇게 불리는 것은 그렇게 살았다는 것이다

제4부 사랑이 그렇게 지나갔다

해 설

제1부 진짜는 무언가를 변하게 한다

봄

새들이 아이처럼 난다
고양이는 분수처럼 반짝인다
꽃들은 물감처럼 터진다

봄은 무얼 새로 본다

짧아도 봄이 최고다
당신이 웃어 주면 그렇다.

비문증飛蚊症

내 눈에는 하얀 물고기가 산다
생각의 투명한 뼈가 하느작거렸다
당신이 항상 눈앞에서 아른거린다

공중에 반짝이는 이 아름다운 부유물,
너무 사랑하면 그렇게 된다고
안과의사가 웃었다
비문증이라고 했다

한 번도 벗어나지 못했지만
당신이라는 감옥
참 좋았다.

섬

내겐 섬이 있다
섬, 하고 걸린 듯 발음하자
단단한 멍울이 생겼다

섬은 떠난 사람을
잊지 못한다

섬, 하고
소리 내어 보라

누군가 떠오르면
더 사랑했다는 뜻이다
너도 섬인 것이다.

토마토는 따뜻하다

나는 토마토를 심어, 씨를 뿌리면
뭔가 꼼지락거리며 흙을 붙잡는
아, 그런 게 행복이야
토마토는 참 따스한 식물이지

나는 해물파스타를 좋아하는데
새우, 조개, 토마토, 파슬리
제각각 살아온 길을 포크에 감으면
그 따뜻한 미각에 위안을 받거든……

살면서 가장 다행인 게 뭘까, 흙이든 사람이든
서로 꼭 붙드는 것이야

죽고 싶을 땐 파스타를 먹어 봐
응, 토마토를 심다가 전화하는 거야.

새가 전하는 뜻

새가 뾰족한 부리로 울었다
그 짧은 혀로 전하는 소리를 새가
운다고 했다

꽃처럼 붉어도 뿌리의
힘겨움을 알기 때문이다

가끔 지나가고 나서야
깨닫는 것도 있다

새들은 사연을 쏟아 내고
싶은 것이다
누구와 만나고 무슨 얘기를 할 때
그리 즐거웠는지……

나도 요즘 새의 말을 조금
알아듣는다

눈을 뜬다, 나뭇잎들이 소리를 내며
반짝거린다
바람이 새의 말을 옮기려
멀리 뛰어가고 있다.

너의 꽃말

너는 울 수 있다
너는 줄기를 타고 뻗어 가는 운명이다

처음 가는 길은 아프다
살아서 자기 색깔을 가지려 할 때
붉은 살갗이 터진다

꽃의 발자국을 살펴보라
빙판길을 걸을 때마다 파르르
추위에 절룩거렸을 것이다

그 발바닥의 혈흔이 너의 꽃이다

모든 꽃이 꽃말을 가지는 까닭이다.

바닥의 힘

바닥은 무언가 받아 낸다
그렇게 친절하진 않지만
완전히 나 몰라라 하지도 않는다

항상 끝이다 생각될 때
바닥을 믿어 보라
넘어진 아이도 바닥을 짚고 일어서고
떨어지는 공도 바닥에서 튕긴다
씨앗들도 바닥에서부터 자란다

바닥은 힘이 세다
진짜는 무언가 변하게 한다
당신도 바닥을 칠 수 있다.

어떤 아이

나무를 잘 다루었다는군, 나무를 잘 다루는 사람은 대게 과묵하고
손바닥에 상처가 많지 그가 바로 그런 경우이지

주기도문은 톱밥처럼 공장에 온기를 던졌지만,
때론 쉿밥 먹는 애들이 죽음의 십자가를 대신 들기도 하지
쉿가루도 첫눈처럼 쓸쓸할 때가 많아……

예나 지금이나 현자는 정신을 다루지만 나무가 가진
중심의 파동을 느낄 때만 목수는
대패를 미는 거야

로마의 형틀이자 새로운 형식의 침대,
그는 죽기 전에 엄마보다
아버지를 찾았다는군, 부성이 수천 년 동안
결핍된 증거야
둥글게 팔을 벌리면 아버지는
햇빛으로 강림하지

나보다 생일은 두 달이 늦고

죽을 땐 열 살이나 어렸네
살다 보니 그중에 제일 어려운 게 사랑이라
가끔 눈물을 흘려

세상 한쪽으로 넘어가는 나무처럼,
죽어서도 제 몫의 뿌리를 끌고 가는
저 목수의 근성.

그리운 바이킹

좀 더 힘껏 안으면 서로가 서로를 통과할 때 쌍발 엔진처럼 두 개의 심장이 뛴다 새들이 이륙하는 원리다

너의 사진이 흔들렸지만 하얀 이빨은 반짝이는 추억을 가졌다 해를 바라보고 눈을 감으면 그 따스한 살굿빛에 침샘이 돋는다

함께 술렁대는 잎사귀, 네가 행복해도 내 기쁨이 줄지 않는다 알코올이 없어도 취하게 하는 사람이 좋다 나는 방금 창문을 열고 스물한 살이 되었다

내가 기대하는 마음으로 다가설 때 오, 너였어? 하고 두 팔을 벌리는 순간을 파일에 담는다

바이킹이 그립다 믿을 수 있는 네가 있어 비명을 질렀던 뭉게구름, 항상 빨리 지나갔다 그러나 아메리카노 얼음을 깨무는 순간이 오래가길 원했다.

환생

나는 불의 뿌리,
출렁이는 파도였다

햇빛은 대기 속에 지층을 만들고
내가 노래하고 춤추던 자리에도
빛의 퇴적이 남았다

해안선 끝까지 밀려오던 물결,
불꽃이 소실될 때 어둠은
또 얼마나 다정했던가,

나는 등뼈가 가지런한
화석이 되고 싶다

당신 곁에 눕던 이생의
등뼈

짧아서 환했던 흔적이다.

이방인처럼

내 길의 시작은 슬리퍼가 놓인 해변,
결항과 난기류는 출입국 심사대처럼
기다리면 지나가는 것,

내 여행의 기쁨은
언제 와? 하고 묻는
당신의 전화

외국어는 잘 몰라도 관계없어
비행기가 연착을 해도 만국의 공용어는
기다리는 것

잊지 말아야 할 건 인문학 책 한 권
말은 더듬는 당신을 지적으로 보이게
가능하면 두꺼운 하드커버,
언어가 서툴면 사람이 순해져서
다툴 일도 없다

내 여행의 끝은
산호초로 둘러싸인 남쪽의 바다,

어떤 이방인에게도
물빛은 따뜻했다.

스무 살

가끔 새들이 날아오르는 동기를
수상하게 생각했다

새들은 아주 먼 이집트를 향하거나
너무 가까운 모래밭을 종종거렸기 때문이다

여객선은 천식을 앓듯 낡은 엔진을 툴툴대며
섬 사이를 지난다
이런 평면 이동은 단순한 노동일 뿐,
나는 격자에 포획된 스무 살이 싫었다

새우깡을 던지면 갈매기가 멋지게 낚아챘다
부디 삶이 먹이 때문이 아니라 그저 유희이기를,
비행이 제대로 즐기는 게임이기를……

어딘가 벗어나고 싶을 때는
다른 차원이 필요하다

새들이 유선형으로 회전하는 모습,
나는 스무 살이 되고 싶었다

>

갈매기들이 앵글에서 자꾸 사라져도
스마트폰을 계속 눌렀다,
철이 없을 때가 가장
철든 시절이었다.

핀란드의 북쪽

한때 내 영혼의 공장이었던 육체가 죽었다
백야의 밤이 그렇다
나의 몸은 나무가 먹어 그 에너지는
나무가 되었다

식탁이나 의자가 되어 너를 만났으면 좋겠다

너의 온기가 전달되면 우리가 입 맞추던
부드러운 혀를 느낄 것이다

요행이라면 나의 어느 부분은 먼 북구,
순록이 먹는 이끼가 될 것이다
맑은 짐승의 동공, 그 투명한 단백질이 되어
별을 보고, 오로라를 볼 것이다

그때도 생각이라는 게 있다면
너와 함께라면 하고
아쉬워했을 것이다.

고성에서

흠치고 싶은 그림이 있다
클림트의 황금빛
키스는 색채만으로
황홀했다

수평선으로 고단한 어선이
지나갔다
바다는 여백이 깊었지만,
온전히 사랑하는 시간은 얼마나 될까

밤바다에 달빛이 환했다
조류는 아주 미세하게 떨며
섬을 연결했다

눈을 감으면 금빛으로 뒤척이는
물결이 따뜻하다

사랑하다 죽고 싶었다,
공룡이 해변에
발자국을 남길 때부터.

크리스마스의 그림자

외로워 마라,
크리스마스에 내리는 눈발에
네가 쓸쓸해할 건 아니다.
보이는 것은 보이지 않는 것의 그림자여서
촛불도 혼자 흔들린다

열차의 마찰을 견디는 철로, 가설무대를 꾸미는 목수
테마파크에서 춤추는 피에로,
아기 예수를 낳느라 골반이 벌어진 마리아

외로움은 잠깐의 현상이다
테마파크에도 일하는 사람이 더 많다
형제회의 수사들도 라틴어가 어렵다

걱정 마라,
너의 국그릇은 신이 따로
채울 것이다.

겨울 홍매

살아 있는 것은 어디론가 향한다
네발짐승은 발자국이 매화 문양이다
발길은 눈밭에 새겨진다

짐승들은 다쳤을 때 울지 않는다
끊임없이 스스로 상처를 핥을 뿐,
산다는 건 속울음을 삼키는 일이다

우리는 모두 눈밭을 건너고 있다
살아서 수고 많았다
발자국마다 홍매가 핀다.

노을의 방향

섬에서 보는 노을은 다르다
그건 밤이 데칼코마니처럼 아침을 베끼지만
일출과는 다른 감정이다

이를테면 노을은 회상적이고 행복해서 흘리는
눈물 같은 것이다
미련이 많은 사람이 오래 바닷가를 걷는데,
섬은 어긋나는 발자국을 모래밭에 새긴다

두 개의 등대가 교차되는 불빛
우리가 다시 만나지 못하는 날도 왔다
나는 작별하는 방향은 서쪽이라는 확신이 있는데
항상 여운이 그쪽에 남기 때문이다
그런 날 석양은 붉고 구름은
뿌리를 안고 운다

노을을 바라보면 눈시울이 붉어졌다
나는 서쪽이 어디인지 안다.

공명

우리는 같은 진동을 느낄 때
함께 운다
속이 비어 있는 것은
껴안고 울고
좁은 골목에선 바람도
막막해서 운다

일주일 째 노파가
보이지 않았다
손수레 바퀴처럼 삐걱거리던 속울음이
덜컥 멈춘 것이다

비바람이 골목길에 몰아쳤다
비닐봉지는 젖은 채 울고
수거해 갈 사람이 없는 빈 병은
더 큰 소리로 울었다.

첫눈

당신의 속눈썹에 앉은 하얀 입자,
세상의 경계를 지우려던 모든 파동이
나풀거린다
오직 발자국만으로 두 개의 행성 사이,
그 가깝고도 따스한 거리를 재던
자오선의 길이

태양이 그림자를 가장 줄일 때
첫눈이 오면 만나자던 약속은
정거장의 늙은 시계탑을 생각하게 한다
창을 열지 않아도 길은 은박지처럼 눈을 찌르고
사랑이라는 말은 말풍선이 되어
입김 같은 너를 떠오르게 했다

누구나 한번 산동네 불빛을 기억하고
모자이크로 점멸하는 저 작은 창문들,
내 흉곽을 누르며 끝내 자욱이 쏟아지는
구름의 뿌리 혹은 깃털……

천사가 되기엔 더러워진 몸으로

나는 발등을 긁는 노숙자처럼 흩날린다
세상의 인심이 사납다고 허공에
혼자 고함을 칠 때
아직도 너에게 맨 처음 오는 별빛처럼
보여 주고 싶은 겨울이 있다

지금은 오히려 생소한 말줄임표,
언제 내렸는지도 모르는
첫눈……
광장의 발자국은 그날을 기억하려
뿔뿔이 흩어지는데
종착지를 모를 열차들은 기적을 울리며
첫눈이 내렸다 한다.

제2부 나는 집으로 가는 길을 몰랐다

제주 속으로

겨울바람은 얼마나 앙칼진지
수평선을 바라보는
돌하르방에도 구멍이 났다

아무리 열심히 살아도 가난하고
아무리 게을러도 부자가 될 수 있다

그땐 화염병을 꽃병이라 불렀다
어머니는 말씀이 없는 분이셨다
'너마저 그러면 엄만 못 산다'

그 말 한마디에 여기까지 왔다
서귀포에서 다시 서쪽으로 제주도를 돌았다
새들의 묘지도 서쪽이다

혁명도 있는 집 자식이나 했다
서울 동부경찰서에 내리던 싸락눈
아, 내게 남쪽은 어디인가?

위도에서

민박집 창을 열면 바다는 일박에 오만 원짜리
저렴한 풍경을 보여 줬다
위도반점의 짬뽕은 먹을 만했지만
밤이면 외눈박이 등대가 교대로 불침번을 서는
섬은 적막한 사막,

누군가를 기다리는 시선은 텅 비어 있어
사람들이 따개비처럼 다닥다닥 붙은 채
일렁임을 견뎠다
서울민박도 그렇게 삼십 년을 버텼는지
아주 낡고 깊었다

다만 위도에는 서울이 없고
서울에는 위도가 없어
어떤 여자들은 서울로 가고,
어떤 남자들은 바다로 갔다

마룻바닥을 디디면
오래전 뉴스가 아픈 관절처럼
신음 소리를 냈다

감성돔은 가끔 잡히지만
위도는 무엇을 기다리는지
사람들 얼굴엔 물빛 무늬가 남아 있다

섬은 씨줄과 날줄로 견딘다
늦은 밤 갈치잡이 배들이 돌아왔지만
다시 불을 켜는 집은 없었다

위도에는 한날한시에 죽은 사람이 많고,
죽기 위해 맹렬히 늙어 가는
노인도 많았다.

용평을 떠남

자작나무는 희다
그 귀티는 하얀 살결과 긴 팔다리에서 풍기는
어쩔 수 없는 미학이다
그런 아름다운
문양으로 남는 것,
우리의 바람도 그런 것이 아닐까

지나가거라, 자작나무의 계절이여
한여름에도 툰드라의 설원을 떠올리며
턱을 괴던 손들아

강원도 평창에도
자작자작 살얼음 밟으며
순록이 다가올 것이다
먼 데를 꿈꾸는 것은 고귀한
숙명이다
노승의 눈동자와
수녀의 하얀 코이프,
정갈한 눈이
이내 사유의 숲을 덮을 것이다

>

나는 긴 겨울밤 내내
동면에 들 것이다
당신의 얼굴과 이름마저
잊을 것이다

그러나 자작나무는 숲을
떠나지 못한다
그 흰 뼈로
짐승들을 부르며
쓸쓸한 순결,
당신이 없는 겨울을
떠받칠 것이다.

마포

죽은 동생이 있어야만 시를 쓰는 것은 아니다
새우처럼 보이면서 보이지 않는,
배 속에 오줌이나 똥이 가득 찬 채
나는 허리를 구부리고 살았다

나도 싫어하는 사람이 많았지만
싫어하는 사람이 갑자기 나였을 때,
어느 방향이 한강 쪽인지 헷갈렸다

공덕시장에서 막걸리를 세 통이나 마셔
취한 채 습관적인 실수를 했다

자꾸 시를 쓰려 했고 허기를 견디려
여기저기 전화를 걸었다
겨울비가 추적대는 나루에
낡은 목선이 새우 젓갈을 싣고 닿았다

왼쪽은 만리동, 오른쪽은 서강
다리 한쪽이 짚는
나머지 허방의 길을 몰랐다

상대가 누구인지 모르던 날에 사랑을 시작했고
그때는 나도 서울 시민이었다

조금씩 방전되는 빌딩 사이에서 길을 잃지만
정작 아픈 것은 이 도시가 아니라
이 도시에 없는 내 아파트였다.

송도에서

출장을 왔다 넷플릭스가 없으니
방이 외롭게 커졌다 마스크가 없어
편의점엘 못 갔다 나를 기다리는
사람을 떠올렸다 호텔 창밖으로
관절이 시큰거리는 야경이 주저앉았다

나는 가우디의 건축양식을 좋아하지 않았다
에두르는 표현을 따라 하기 힘들다
소나무처럼 굽은 빌딩들이
물끄러미 나를 본다

한때 송도는 소나무 가득했던 섬,
벌목당한 사람이 먼저 잃는 건
얼굴일까, 이름일까?

원래 살기 어려운 소나무들이 솔방울 많이 단다,
나는 의도보다 긴 메시지를 보냈다

자니?

운현궁의 척화비

내 그림자는 나의 거짓말이었다
그게 평생 나를 팔아먹고 살았다
이 집의 주인도 한때 눈매 사나웠지만
제 그림자 하나 이기지 못했다

먹구름이 지나가며 정원에
비를 뿌렸다
마당의 호두나무는
새순을 내지 않았다

깊은 우물에서 흔들리는
나를 보았다
사람아, 무얼 그리 애쓰며 사는가?

나를 쫓는 그림자와 척을 지는 게
가장 어려웠다
척화비라도 세워야겠다
다시는 나와 타협하지 않겠다.

이팝나무 그늘 아래

이팝나무는 희다
하얀 쌀밥 같다
그릇은 청잣빛 신록이다

바람은 한 걸음 앞서 향기를 몰고 간다
가난은 죄가 없다
그래서 밥과 눈물이 교환된다

어머니는 밥을 풀 때마다
얼마나 고민했을까

모성은 잔인하다
나는 어머니의 밥이 고봉인 걸
보지 못했다

이팝나무 그늘 아래 서면
눈으로 보는 풍년이
위장을 주리게 했다

어머니를 원망하는 자들은

행복하다

차라리 내가 허기졌으면
그 빈 그릇이
이리 시리게 피지는
않았을 것이다.

서울역에서

심판이 임박했다는 공갈은 소문처럼 떠돌았다
가끔 노숙자들이
저속으로 떨어지는 비둘기를 목격했다
멀리서 철컹대는 쇳소리가 아름다운 오후였다

나는 염천교 아래에서 첫사랑을 놓쳤다
달리는 열차는 예외가 없었지만 죽은 애인을
북창동에서 본 적이 있다
우수수 꽃가루가 쏟아질 것 같은 늦봄,

역사驛舍 앞으로 배가 부른 여자가 나타났다 자두를 파먹으며
온갖 과일 향기를 묻혀 왔다
웃을 때마다 몸과 머리가 꽃송이처럼 흔들렸다

인파는 서둔다는 말과 동의어였다
에스컬레이터는 밟히면서도 부지런했다

누군가 돌아오면 누군가는 떠났다
낯익은 이름이 가장 치명적이다

>

서울역에서는 항상 어깨가 부딪혔고
과일처럼 부딪치며 썩어 갔다.

복수

어릴 적 옆집에 용구가 살았다
풀빵 장사 하는 제 엄마를 돕는다고
학교도 자주 빠졌다
붕어빵에 든 달콤한 팥처럼
노릇노릇한 해가 기울면
용구는 제 엄마의 리어카를 끌며
다가왔다

그 친구는 소아마비를 앓았는데,
노을은 다정해서 좀 슬프다고 했다
가난의 색상이 있다는 걸
나도 알았지만 침묵했다

그런 용구가 병원에 실려 갔다
붕어빵을 뒤집는 갈고리를 만들다가
한쪽 눈을 잃었다

친구야, 철 심이 탁 하고 튀더니 앞이
환하더라, 우리가 빨아먹던 샐비어처럼
세상이 빨갰어.

>

용구는 제 엄마가 죽고 나서도
혼자 붕어빵 장사를 했다
밑천 없는 노동으로 더 가난해졌다

한데 이상한 건 붕어빵을 뒤집을 때마다
갈고리로 꼭 눈을 찍더라,

이젠 용구도 없다
교통사고였는데 죽어서도 한쪽 눈을
감지 않았다고 들었다.

아버지의 손

고구마밭에서 잡풀을 뽑았더니
초록의 피비린내가
목장갑에 배었다

잡풀이 생존하는 방법은
움켜쥐는 것뿐이다
줄기는 뿌리를 움켜쥐고 뿌리는
흙을 움켜쥔다

아버지는 손이 컸다
항상 움켜쥐는데도 끝내 뽑혔다
나는 그게 싫었다

고구마밭에 붉은 꽃이 피었다
살아남으려는 것은 서로 닮았다

괜히 눈시울이 붉어졌다
누군가를 닮아서 더 그렇다.

그 목소리

그때 가족은 먼 플로리다에 있었고
나는 생일날 혼자 소주를 마셨다

어머니 발인 날 누나가 그랬다
'집에 와서 저녁이라도 먹고 가지……'

쇠고깃국에 하얀 기름이 뜨고
동구에 노을이 졌다
노인네는 어둡도록 한길에서
나를 기다렸다고 한다

가족이 이 년 만에 돌아왔다
함께 영화를 보고 외식을 했다
목소리는 허공의 반향이다
문득 국 식는다, 부르는 목소리에
돌아보니 환청이다

사람이 죽을 땐 청각이
가장 오래 간다고 한다
내 귀엔 슬픈 이명이 들리고 있다.

숨비소리

서귀포도 영하라고 한다 영零이란 기준이 있으니
그 아래도 있겠지
아직 바다는 얼지 않았으니
해녀가 물질을 하겠지?

대체 자랄 때 얼마나 가난했던 거야?
공항에 데려다준 아내가 물었다

아, 그건 푸세식 변기에 똥이 꽝꽝 언 것 같아,
자꾸 밑을 찔러 막대기로 밀어야
일을 볼 수 있었어

더럽다고?
더럽지, 비참하고……
기준이 있으면 그 아래가 있겠지
그걸 참는 게 가난이고

해녀의 숨비소리는 또 얼마나 가빠
수면 아래에서 참던 소리,

이젠 살았다는 그 소리,

나는 그게 곡소리보다 슬퍼.

코로나 시대

추락하는 주식을 샀다 답장이 없는
메일을 보냈다
산수유가 피었지만 구름이 더 어두웠다
열차는 객석이 빈 채 달렸다
공항은 폐쇄되었고, 낮달이 뜬 다음 날엔
비가 내렸다

약국 앞에 줄을 섰지만 마스크를
살 수는 없었다
병상에 누운 환자는 예수보다
의사를 찾았다
말씀보다 질병이 창궐했다

추락하는 주식을 샀다
답장이 없는 메일을 보냈다
숨을 쉬는 것도 내 잘못 같았다

키우던 앵무새는 무정란을 낳았다
나도 희망 없는 사랑을 했다
따뜻하다고 봄이 오지 않았다

체온이 38도가 넘으면
사람들의 비난이 두려웠다.

음압 병동

면회 오는 사람이 없을 때
갑자기 무인도처럼 막막해졌다
가까운 파도에도 밀렸다

손바닥의 운명선이나 따져 보며
마른기침을 했다
삼킬 수 없는 것이 목구멍을
따갑게 지나갔다

수평선의 경계에서 구름이
뭉개지고
이마로 찬비가 내렸다

어디가 아프냐는 문진에는
체크하지 않았다
가루약을 뜯을 때 환영이
파도처럼 지나갔다

섬들은 유채꽃 같은 노란 위액을 토하며
파도를 견뎠다

>

낙타가 바닥에 쓰러질 때
바다인지 몰랐다

가족의 병력에는 가난이라고 썼다
그리움이기엔 고열이 심했다.

넝쿨장미

햇감자가 나오는 오월엔 넝쿨장미도 붉다
장미가 핀 집은 담장이 높고 피아노 소리가 들렸다
천국이 그런 곳이라 상상했다

오월까지도 등록금을 못 내는 사람은
나밖에 없었다

담임선생이 집에 돌아가서 등록금을 가져오라 했을 때,
어느 집 마당가, 넝쿨장미만 하염없이 보았다

그날 저녁을 굶다가 부엌에서 몰래 삼킨 감자에
된통 체했다

내 속의 노란 열다섯 살을 토해 낼 때,
엄마가 등을 두드리고 바늘을 찾았다

실로 챙챙 감은 엄지가 파랗게 죽었다
바늘로 따니 장미처럼 동그랗게 피가 맺혔다

아프재? 엄마도 마이 아프다

>

그 다음 날에도 등록금은 없었다
어머니의 넝쿨은 가시뿐이었다
그래도 꽃말은 사랑이었다.

제3부 그렇게 불리는 것은 그렇게 살았다는 것이다

향유고래

너의 이름에 주목한다
그렇게 불리는 것은
그렇게 살았다는 것이다
나는 어두운 바닷속으로 잠수하고 있다
작살을 등에 꽂은 채 팽팽하게 밧줄을 당긴다

향유고래는 기름을 가진 고래라는 뜻이다
한때 도시는 그 기름으로 등잔을 켜고
가로등을 밝혔다

나는 무슨 이름으로 쓰일까?

칠흑 같은 바닥에 불을 놓는다
나의 뇌가 남김없이 타고 나면
그렇게 불릴 것이다

지식노동자.

간빙기의 죽음

고분을 발굴했다
유골은 사라지고 부장품만 나왔다

무덤의 주인은 낚시를 즐긴 듯했다
섬과 해안선이 자주 나타났다
그의 어금니는 금제 장식이었고
사용한 문자는 한글로 밝혀졌다

부장품은 갤럭시 S20이었다
피사체들은 다정했지만
흉곽이 주저앉은 것을 보면
어떤 추상을 견디려던 의지가 보였다

인간들에겐 치명적인 바이러스가 있다
그는 겨울과 봄 사이 간빙기를
견디지 못했다
사인은 고독으로 판명되었다.

치과에서

어금니를 깨무는 사람은
자꾸 자기 확신에 금이 갔다
어디 금 간 게 치아뿐일까,
통증을 견디려면
의심하는 법도
배워야 한다

날카로운 드릴 소리가
치아의 원주율을 줄일 때

내 뼈가 타는 냄새를 내가 맡았다
눈물 그렁한 채
혼비백산한 정신을 수습했다

힘드셨죠?
위로하는 간호사가 천사 같았다
그녀의 품에 안겨 울고 싶은 순간
어떻게 살아야 할지 확신에 금이 갔다

치료비는 일시불로 그었다
어금니를 깨물고 산 대가였다.

북극점

옛날 영화를 찾고 있었다 그건 보트가 나뭇가지에 걸려 있는,
한때 범람하던 기억이 떠올리는 강물 같은 것이다

물무늬 아래 모래가 반짝이고, 멀리 종려나무가 마중을 나왔다 내가 그리워하는 남쪽은
당신과 비슷한 이름을 가졌다

멀리 바라보는 사람은 시선을 멀리 던진다, 당신은 속눈썹이 길었다
남쪽은 그래야 한다

지금은 겨울이다 한파에 자욱해진 당신의 이름을 잊었다 내 기억의 북극점, 체액이 얼어붙은 이곳으로부터 모든 방향은 남쪽이지만 따뜻한 영화는 드물다

한반도가 조금만 더 해류를 따라 흘러가길 원했다 내가 해변에 닿으면 당신과 영화를 볼 것이다

눈보라 치는 창밖을 본다 빙점의 맥박이 잡히지 않는다

>

희망이라면 가장 절망일 때 모든 게 희망이라는 것이다
나를 벗어나면 어디든 봄일 것 같았다.

컴퓨터의 적멸

컴퓨터가 갑자기 다운되었다
잠든 것 같아도 항상 커서를 깜박이더니
갑자기 대화를 멈췄다

모니터에 눈이 내렸다
질문을 멈춘다는 건 관계의 종말이다
어떤 화두도 없이 적멸에 들었다
본체를 두드려도 반응이 없다

잘 가거라, 일만 이천 장의 뼈들아
아직 열지 못한 파일들아

눈 내리던 운주사 와불을 생각했다
부디 행복했기를.

천동설

밤하늘은 유리로 만든 밥공기 같아
마당에 서면 플라타너스가
거인처럼 보였다 내가 아는 별자리
오리온도 또렷하다

나는 가내수공업을 한다 중지로만 타자를 쳐서
속도는 느린데 의미와 부호를
조립하는 공정은 길다

내가 입력을 멈추면 공장도 멈춘다
모니터의 커서가 두통처럼 깜박일 때
담배를 피러 마당엘 나갔다
그사이에 별자리는 30도 더 기울어졌다

망원 운동을 할 때마다
별자리를 유심히 바라본다 분명 하늘이
움직이고 있다

나는 철야를 하는 노동자,
천동설을 믿는 과학자였다.

마음이 전송되지 않았다

화분을 받을 때가 있지만
막상 꽃이 활짝 폈을 때
누가 보낸 꽃일까,
기억이 흐려졌다

내 꽃을 받은 당신은 어떤 표정이었을까?
택배 기사는 그런 말을 전달해 주는 법이 없다

처갓집은 목장을 한다,
하루는 수의사가 와서 수정을 시키고 갔다
암소에게 주사기로 정액을 주입하면
끝이다
암컷은 상대의 얼굴을 모른다

내 얼굴을 손으로 만져 본다
이 윤곽, 이 표피
내 골조와 체온을 재어 본다

코로나로 비대면 수업이 많다
모니터 속의 수많은 점묘화,

진도는 빠르게 나간다

세상 좋아졌다, 그렇게 말하면서도
얼굴이 기억나지 않는다
우리가 소를 수정시키듯,
꽃을 전송하듯,
나도 배달을 한다

사는 게 구름 같아 졌다
건너가는 숟가락이 국 맛을 모른다.

그 여름의 대장간

풀무도 지쳐 숨을 몰아쉰다
쇠가 혼절하자
물통에 쑤셔 넣는다

치이익, 쇠가 가진 피가
물속으로 흘렀다

구름이 소나기를 뿌렸다
쇠의 살점이 웅덩이에
고였다

다 너를 위한거야
그래야 강해지는 거라고

비겁할 때가 온전한 나였다
변명이라면 그런 여름을
내가 만들지는 않았다

대장장이가 쇠를
담금질했다

>

정신이 부서지거나
칼이 된 아이들이
학원에서 쏟아져 나왔다

여름이 지나가고 있었다.

수렵시대

자유로는 강변북로와 연결되었고
절벽 어디선가 강으로 꺾인다

추락한 사람들은 귀가 시간이 늦다
간혹 죽음은 유선으로 통보되었다

여자는 동굴에서 혼자
아이를 낳는다
눈이 내리고 가계부에는
빙하기라고 적는다

타제석기는 깨어진 쪽이 날카롭다
사람들은 상처를 주기 위해
예리해진다
손목을 그은 손들이
피를 흘린다
도시의 십자가는 습관적으로
붉다

짐승의 발자국을 쫓느라

너무 멀리 왔다 돌아오지 않는 발자국이
눈보라 속에 묻혔다

남자의 산재 연금이 나오던 날,
여자는 동굴의 불을 밤새
끄지 않았다.

흑백사진

그때 대치동 청실아파트,
박관호는 많이 컸을까?
그 애도 재개발 아파트처럼 변했겠다
과외를 마치고 강북까지 걸어가던 날
해변으로 가요,
해변으로 가요,
키보이스는 여름철 매미처럼
극성스러웠지

교대 근처에서 버스비를 꾸어 주었던
그 여학생을 잊지 못한다
참 예뻤는데 돈 천 원을 갚지 못했다
그런 게 후회로 남는다
내가 해변으로 갈 수 없었던 날들……

신발에 묻은 눈을 터니
무채색의 무게가 조금은 밝아진다
돌아가고 싶지만
돌아 갈 수 없는 날도 있다

>

어, 밖에 눈 와?
아내의 물음에 대답하지 않았다

혹시 당신 교대 다닌 친구 있어?
나는 뜬금없이 물었다

박관호 같은 아들은 제 방에서
자고 있었다.

중독

칼 마르크스가 다녀간 뒤에도 여전히 질문이 남았다
나는 직장과 집을 가졌지만
항상 쫓기는 기분이다
자다가 자주 꿈에서 깬다

나는 중독을 좋아하진 않지만
체제에 중독되었다
군대에 가서 피지 않던 담배에도
중독되었다
유격장에서 휴식 시간이면, 담배 일발 장전!
그렇게 말하던 교관이 어찌나 고마웠던지,
모든 명령에는 중독이 따른다는 것을 그땐 몰랐다

유기견 센터에서 강아지 한 마리를 데려왔는데
나와는 비밀이 있다
내가 아내의 눈치를 보며 베란다 쪽으로 나가면
개가 꼭 쫓아왔다
침 한번 뱉어 주면 꼬리를 흔들며 핥는다
이젠 담배를 필 때마다 개가 눈 밑에서 기다린다

>

개의 이름은 도토리다
먼저 키우던 앵무새 이름이 다람쥐여서 서열을 분명히
하기 위해서다
아무리 평등을 떠들어도 서열은
대한민국의 중독이다

나는 이젠 중독을 좋아한다
중독이 아니면 이 무서운 세상을
살 수가 없다

전투에서는 전우애가 생사를 좌우한다
내가 쓴 보고서의 총량은 마르크스의 자본론보다 두껍다

마르크스는 혁명에 중독되고, 나는 워딩에 중독되고,
내 개는 관계에 중독되었다

제 머리를 불태우며 우주 속에서 점점 흔적이 지워지는
별똥별처럼
도토리야, 나와 함께 중독되어
소실점을 향해 진격하자

>

나는 외롭구나

네가 나의 전우구나.

외로움을 투사했다

원시 생물은 학계의 정설에 벗어나는 감정을 가진다
이 모든 게 너 때문인 것 같지만,
사실 나 때문인 게 정설이다

가을 하늘이 포르말린 용액 같다
동그랗게 몸을 만 태아를 의과대학 실험실에서
본 적이 있다
은행의 알들이 쪼글쪼글하게 비쳤다

그래 사실을 전달하려면 좀 더 극명해야 한다
내 외로움은 내 탓이다
그러나 나도 살기 위해서는
변명도 진화해야 한다

바람이 불면 낙엽이 새처럼 날 것이다
그리움도 깊으면 죄가 될 것이다,
이 모든 게 네 탓이다.

내가 결정한다

묶여 있는 개는 사납다
한번 풀었다 다시 묶으면 더 사납다
자유에는 결핍이 따른다, 먹이에는
구속이 따른다
로또 번호 그 여섯 자리를 맞추기가
그리 힘들다

새는 불안하다 바람에 휘청대며
땅을 내려다본다 먹이가 새의 목줄이다

개 한 마리를 입양했다 그 개는 버려진 이유를
골똘히 생각하는데 그런 형이상학적 사유는
유기된 개만이 할 수 있다

나는 개에게 아토피가 있는 줄 몰랐다
아내는 사료만 주는데 나는 이것저것 몰래 준다
내 개는 개처럼 먹고, 개처럼 뒹굴거리다
개처럼 죽기를 바란다

나도 언젠가 요양원으로 갈 것이다

그때는 사력을 다해
바다 한가운데로 헤엄칠 것이다

나에게 맞는 운명을 선택할 것이다
개처럼 새처럼 목줄에서
나를 풀어 줄 것이다.

질주하는 의문

곤충들 자욱하게 날아올라 군무를 추다가
질주하는 차에 마구 부딪히네

유리에 체액이 탁, 탁 번지며
파란 별의 모양을 만드네

흔적을 기억하는 건 뇌의 몫이지만
내가 없는 자리를 비행하는
어둡고 컴컴한 날벌레
차창에 부딪힌 곤충은 형체도 없이
날개 한쪽 세차게 떨고 있네

워셔액을 분사하고 와이퍼를 작동시키면
참 이상하지, 가는 방향을 깨닫기도 전에
반원의 무지개가 생기는 거야

왜 사느냐는 질문을 받을 때마다
나는 가속의 페달을 밟아,
속도계 바늘처럼 온몸이 떨리네

>

내 몸을 으깨어 만든 별 하나,
지금 유리창에 달라붙어
바람에 춤추고 있네.

희망을 서리했다

배추밭에 나갔다
김장철이 지났지만 겨울 겉절이로 몇 동을 남겨 두었다
농약을 치지 않았더니 이파리가 그물망 같았다
배추벌레도 먹고 방아깨비도 먹었다
감당할 수 없었던 벌레들,

살면서 자꾸 나를 갉아 먹는 게 많았다
가슴에 숭숭 바람구멍이 났다
그렇다고 같이 죽을 수는 없지 않은가,
살충제를 치지 않았다

초겨울 적막한 밭에 아직 배추가 푸르다
배추의 겉을 모아 주며 생각했다

따뜻한 시절이 오겠지,
너희도 우화해서 날개를 달고
나도 작은 꽃을 피워야 한다
빈 밭에 볼품없는 배추가
속을 껴안고 견딘다

>

서리가 하얗게 반짝였다
별 같았다.

소금의 가설

의문이 많다고 과학자가 되는 건 아니다
나는 바다의 결정結晶을 가래로 밀고 있다
아니 바닥의 상처를 밀고 있다

밑바닥에는 어린 게나 새우가 산다
이 바닥에는 구름도 산다
허리가 끊어지는 고통도 번식한다
그걸 밀어야 인색한 바닷물이 조금 마른다

새까만 염부鹽夫의 얼굴에선 눈동자를 찾기 어렵다
세상의 소금이 되라는 말은 차마 어렵다

어쩌면 우리는 날 때부터 염부였다
짠맛이 세상을 지킨다는 명제는 참일까,
거짓일까,

소금은 짜서 소금일 뿐이다
원래 샐러리란 말은 소금에서 나왔다

마르크스는 읽을 필요도 없다

짠맛을 지키려면
속이 더 짜진다.

문상

관을 들었다
죽은 자의 몸무게를
산 사람 네 명이 나눴다
바람이 불어 담배 연기가
멀리 사라졌다

사랑도 섹스도 간신히 쌓아 올린 레고 하나에
하나를 더 보태는 아슬아슬한
황홀……
살아온 날과 살아갈 날이
둘로 쪼개어졌다

죽은 자의 몸무게를 가늠해 보면
마음이 돌무덤처럼 딱딱했다

누군가에게 편지를 쓴 지
오래되었다
부고는 스마트폰으로 전달되고
나는 화장장에서 검은 연기로 흩어지는
발자국을 멀리 배웅했다

>

변하지 않는 것은
변하지 않는 것은 없다는 명제로 귀결되고
시곗바늘은 오른쪽으로 돌며
많은 것을 뒤틀어 놓았다

검은 새가 천천히 가라앉을 때
의사인 친구는 불면증을 앓았다
한때 아내가 되었으면 했던 여자가
수저를 내밀었다

죽은 몸을 가볍게 하고 싶었다
집으로 가는 길은 어디인가,

빨간 단풍나무에 벌써 첫눈이 떨어졌다
나의 관도 누군가 나누어
들었으면 좋겠다.

그래도 봄을 믿는다

나는 죽은 엥겔스의 친구의
친구
강가에서 빈 그물을 올리는
어부의 사촌,
환절기는 죽은 자와 꿈꾸는 자의
교대 시간이다

메마른 기침을 할 때마다
지나간 것들은
너무 빨리 지나갔고
기다리는 것은 오지 않았다

봄은 무엇을 본다는 것일까?
가난한 강물까지 몸살을
앓았다
너무 착해서 더 가난했던
그가 다리를 절며 공사장 쪽으로 간다
길섶에서 개구리가 뛰었다

혁명도 없이 두근거렸던

죽은 친구의
친구들

봄이라고 했으니
봄일 것이다.

모텔 파라다이스

스마트폰을 꺼내 보면 다들 외로운 신음뿐이다
자기를 복제하는 것은 매우 위험하다
유선방송의 광고가 끝나자
견딜 수 없는 벽면이 날아들었다

어둠 속에서 천천히 화장실 쪽으로 이동했다
소변을 보면 외로움은 일종의 거품이다
스마트폰 불빛을 바라보는 얼굴이 파랗다

옆방의 신음 소리가 그대로 들린다
그래서 파라다이스인가 보다
별 두 개의 모텔,
어떻게 보면 쓸쓸함의 등급이다

싸구려 침대가 그 무게를 견디느라
밤새 삐걱거린다.

제4부 사랑이 그렇게 지나갔다

사랑이 그렇게 지나갔다

너무 할 말이 많으면 일렁이게 된다
너무 아프면 반짝이게도 된다

배들이 떠나갈 때
물 자취가 길다
그게 배들의 운명 같기도 하고,
미련 같기도 하다

아주 큰 스크루를 달고도
깊은 바다를 지나가는 배들은
속도가 느리다

살면서 가장 아름다울 때는,
죽고 싶을 때였다
먼 섬들이 편도처럼 부었다

미련이 많으면
바다가 깊다
허무해서 돌아보면
더 깊다.

열기

몸통이 붉은 고기는 열이 많다
찬 바다에서 낚아 올리면 금방 죽는다
열기라는 물고기가 그렇다
심장이 빨리 뛰는 사람도 그렇다

회를 떴다
너무 빨리 죽는 나를 상상했다

죽어서도 붉은 몸,
어쩌면 열기는 단순하다
나는 사후에도 따뜻한 몸을 보지 못했다

겨울 바다에 냉매처럼 차가운 해가
떨어졌다
얼핏 뜨겁게도 보였다

열기가 지나갔다
지나가고도 가끔
그 붉은 몸이 그리웠다.

그대의 설형문자

강은 멈추어도 흐르네
정작 남기고 싶은 말은 수면에 흩어졌네

여전히 알지 못하는 사람의 마음
나는 변하는 속성을 따라잡지 못했네

다친 활자들이 뾰족한 부리를
날갯죽지에 박고 있네

바빌로니아 강가에 새 떼가 날면
쐐기문자로 흩어지는 기호들……

혼자 읽었네
사랑할 때가 가장 슬펐네.

소쩍새

우리는 숨긴 곳을 찾아 상처를 냈다
더 상처받은 것은 나라고 확신할 때
딸꾹질이 멈추지 않았다

내가 무서운 건 변하는 간격이었다
별은 어둠 속에서 선명했고
삼키는 울음은 이상하게
더 멀리 갔다

그날 민박집 외등을 보며 걸었다
오월에 우는 밤새를 기억한다
너는 무슨 새가 저리 무섭게 우냐고 했지만
나는 대답하지 못했다

이젠 소쩍새를 아는 사람도 드물다
사랑이라는 말로 싸우고
화해라는 말로 너무 많이 피를 흘릴 때
먼 저승의 새,
목을 비틀다 만 그 새가 울음을 울었다

>

내게 멀어져 간 발자국을

세고 있었다

칼에 박힌 새가

깊은 어둠을 토막 내며 울었다

울다가 멈추고, 울다가 멈추면서도

나라고 말하지 않았다.

한치잡이

낚싯배에서 집어등을 켜면 바다는 색깔을 바꾼다 플랑크톤이 몰려들어
연녹색이 되었다가 멸치 떼가 몰리면 다시 은빛으로 반짝인다
바다는 형형색색의 지느러미, 형광의 별들이 비늘을 턴다

한치는 잡히면 찍찍 물을 쏘아 댄다 그 피부는 희고 아름다운 자작나무,
나는 당신의 살결을 떠올리지만 까만 먹물을 쏘며 죽는 한치 때문에
비밀로 한다, 파도 속으로 먹구름이 헤엄을 친다

바다에 사는 생물들은 사연이 많다
불빛들은 징검돌 같은 다리를 건너
또 어디로 가는지……

바다는 환하고, 투명하고, 깊고 어두운
보색이다
내 마음이 그런 에너지를 가져 나를 흔들고
바다를 흔든다

>

세상은 모두 제 얘기를 이어 가고 점점이 찍은 물감이
밤바다에 모여 인상화를 남긴다
나는 한 점,
그대에게 보색의 한 점이 되고 싶은 순간
아, 한치가 입질을 한다.

싱크홀

나는, 으로 시작되는 시를 쓰려다
너를 떠올렸다

내가 번번이 빠지는 너도
알고 보면 나였다

이리 생각해 보고 저리 고민해 보고,
문장을 바꿔 보아도
방점은 나였다

자동차 보닛에 알을 낳는
잠자리가 있다
저 아롱대는 물빛이 한 생의 착시,
햇빛에 구름이 떠다니는 것도
이유가 있다고 믿었다

내 길은 항상 구멍이 있다
이 커다란 싱크홀은 너였을까,
나였을까?

사랑의 썰물

해변에서 몽돌 하나 주워 봐라
얼마나 단단한지,
얼마나 매끄러운지……

처음부터 이렇지 않았다
온몸으로 매달리고
온몸으로 붙잡느라
자르르
물살에 부딪히는 뼈아픈 공명……

천 번을 반복해야
옹골진 돌 하나
된다

아무도 파고들 수 없는 마음,
몽돌밭에선 술병을 든 사람이
수평선을 본다

젖은 돌 하나 집으며
손으로 쓰윽 눈물부터 닦는.

그리운 폐경閉經

잔느의 눈동자엔 착란의 노을이 진다 그녀의 일생은 생리 불순한 날들이다
느릅나무 아래 총에 맞아 죽은 애인이 엎드려 있다

돈이 되지 않는 모든 것이 살해된다, 향유고래처럼
부표를 달고 잠수해도 끝내 사체로 떠오른다

나는, 그녀는, 아이를 희망도 없이 낙태시키지 못한다
왜 이 따위로 문장은 짧은지 시에 없는
마침표가 비극이다

잔느의 오토바이가 속도를 낸다 그녀가 구운 시보다
그녀가 배달한 피자가 더 따뜻할 때
여자는 제 아랫배를 감싼다

문장을 잉태할 때마다 나는 도망쳤고
외로울 땐 편집적인 불문학을 배우고 싶었다
다행히 대학의 커트라인은 낮아지고
폐강을 하는 강좌마다 조는 아이들이 생겼다

>

그녀의 문장은 명예살인과 다름없다 그게 불어든 영어든 팔리지 않는
작가의 머리통이 날아갔다
대학생들은 편의점 시급만 따졌고
조현병자는 제 눈을 찔렀다

지구는 오랫동안 한 방향으로만 돌았다
쏠릴 대로 쏠린 밑바닥에서
혈흔이 터졌다
카페인이 많은 뉴스에
잠자리에서도 심장이 두근거렸다.

안개

오늘은 안개에 갇혔다
갈피를 모르는 생각과 발자국이
온전히 내 몫이 되었다
나는 막막한 안개의 늑골을
만지고 싶었다

미세한 입자는 가로등 불빛에 녹아
끝이 조금 더 으슥해졌다
길이 아득한 사람에게 나무의 잔가시가
걸렸다

나는 따갑게 걸린 안개를 토하려고
꿈에서도 뒤척거렸다
효과가 의심스러운 백신 때문에
불면이 습관이 되었다

나는 안개의 기저 질환을 가졌다
흐린 동공이 습기로 가득 찰 때

너는 안개의 입자로 왔다

>

사라지면서 사라지지 않는 것이 안개라면
나는 너에게 안개였고,
너는 그저 안개를 모르는
나였을 뿐이었다.

스키드마크를 재다

고속도로를 달린다, 시속 백육십 킬로
저 시간의 물결 사이를
세계는 나를 속이고 계절은 무성한 신록……

누가 알았으랴
황량한 들녘에 배신한 애인의 눈물처럼
유월의 수목 우거져,
고독하지 않으려 몸부림치던 내 사랑만
넝마처럼 비껴 가는 아스팔트
이 가혹한 시간을 돌팔매질한다

나의 악력으로는 더 이상 버틸 수 없어
끝내 항복하고 손아귀에 힘 풀면
차들은 관성을 못 이겨
제 몸을 떨며 지나가고
맹목적으로 달려가던 가속도에
나는 잊었다
너를 잊었다
온몸 흔들어 부정해도
지독했던 집중

>

속도계는 경계를 참지 못하고
터졌다
생살 타오르던 그 검은 횡선,

그 모든 끝은
비명처럼 짧았다.

낮술

떠나면서 아름다운 게 있다
사월에 지는 꽃,
전화기에 남겨진 당신의 음성

낮술을 마시는 사람은 대개 한심하다
환한 창을 등지고 혼자
붉어지는 얼굴이라니

낙화는 눈처럼 내린다
꽃은 바닥에 닿기까지 그 짧은 파문으로
이름을 남긴다

마음이 차가워지는 게
한심寒心이다
내게 지나간 심연의
발자국을 본다

바람이 불면 꽃 비늘이 반짝이며
떨어진다

>

마음이 한심하다
그대가 부재중이다.

그 바다의 블루

그 즈음엔 바다도 블루였다
왜 우울을 블루라고 할까,

살면서 반쪽을 모른다
기쁠 땐 슬플 때를 모르고
남자여서 여자를 잘 모른다
뭍에서는 또 바다를 모른다

어쩌면 생의 반을,
지구의 반을 모른다

바다에 나가 보면 깊은 물결이
어둠만은 아니다

물론 다 괜찮다는 것은 아니다
바다를 도려낸 저 흰 빛살,
내가 몰입하는 대상의
부분이자 전체였다

눈을 감아도 떠오른다
바다는 검다 바다는 하얗다.

쓸쓸한 근시

지척에 두고도 보지 못하는 얼굴이 있다
근시는 사물을 쓸쓸하게 하는 말이다

너의 흐려진 표정과 잘 어울리는 결말이었다

날아가는 새의 잔상이 겹쳐 보이는
그림자를 따라 읽었다

초점을 둘 데가 없다
근시에 난시까지 생겼다

누군가 시야에서 사라지니
엉뚱하게 심장이 아팠다

처음으로 돌아가는 관계였다
안과에 가지 않는 까닭이었다.

새

눈을 가린 새는 더 이상 날 수 없지

이를테면 앉은뱅이 새들은 무얼 잃었는지 몰라서
자꾸 창에 부딪히지

눈먼 새들은 가지에 앉아 청승스럽게도 울지

사랑을 믿니? 그건 뒤를 본다는 것인데
날아가는 새는 뒤를 돌아보지 않지

발가락을 오므린 채 눈꺼풀이 아래에서 위로 올라와
눈 전체를 가리더군

새는 구름을 공습을 하듯,
바닥에 추락할 때도
눈을 감지 않지

당신이 뒤돌아 볼 때
딱 한 번 눈을 감겠네

내가 만일 새라면……

초량동 그녀

가늘고 질긴 억새의 해변
엎질러진 아버지가 빈 병으로 떠돌면

허리가 가는 여자가 비린
아이를 낳던 다락방

그때 울던 골목길은 다
제 몫의
아랫목을 가졌을까,

해변의 질긴 풀이 모래밭을
서성일 때
바닷새의 발자국은 또 어디로
향했는지

떠난 사람을 붙잡던 항구의 비린내

그 물버짐 같은 동네가
나에게도 있다.

당신의 코레일

나는 구름의 반감, 집시의 변명
별자리를 믿는 여자와 술을 마시며
내일의 문장을 만들어야 하는 타이피스트

비올라를 켤 줄 알았다면
많은 것을 포기하고픈 운명주의자

고속열차가 아주 긴 다리를 건널 때
푸른 강물의 물무늬에 시선을 던지며
불안한 눈동자를 베끼는 불편한 궤적,

그러나 내 몸을 반복적으로 움츠렸다 뻗으며
생활에 밑줄을 긋는 성실한 자벌레

내일은 좋아지리라
나는 희망을 희망으로 속이는
코레일보다 빠른 건망증 환자,

눈을 뜰 때마다 다뉴세문경을 바라보며
스마트폰 별점을 치는
고대의 주술사이다.

해 설

사랑이라는 감옥

유성호(문학평론가, 한양대학교 국문과 교수)

1. 삶의 온전한 재현과 완성에 대한 예술적 집념

여영현의 두 번째 시집 『그 잠깐을 사랑했다』(천년의시작, 2023)는 격정적이고 복합적인 자의식을 통해 현실이나 일상 깊숙하게 시인 자신의 심장과 언어를 개입시키는 치열함으로 구성된 미학적 결실이다. 첫 시집 『밤바다를 낚다』(2018) 이후 5년 만에 펴내는 이번 신작 시집에서 시인은 새로운 언어적 충격으로써 자신만의 예술적 파문을 우리에게 건네준다. 아닌 게 아니라 그는 절제와 여백의 함축성을 중시하는 서정시 전통에서 어느 정도 비켜나, 내면에 웅크린 채 수런거리고 있는 언어들을 최대한의 파동으로 끌어올리고 있다. 언어 경제학의 응집성 대신 사유와 감각의 활력을 택하여 시인은 우리의 황폐한 현실을 대체할 수 있는 것이 '다른 현실'이 아니라 낭만적 꿈과 역동적 상상력으로 구성되는 사랑의 힘이라고 믿는 수행적 시 쓰기를 지속해 간다. 그 과정에서 그는 삶의 고유한 잔상殘像을 섬세하게 포착하고 표현해 감으로써 사물이나 현상을 남은 자들의 기억 속에서 불멸로 남게끔 한다. 주체와 세계 사이의 균열에 통증을 느끼면서도 결국 그것을 치유하며 삶을 완성해 갈 수 있다는 믿음이 이러한 그의 시 쓰기의 가드레일 역할을 해 주고 있다. 그만큼 이번 시집은 삶의 온전한 재현과 완성에 대한 그의 예술적 집념을 선명하게 보여 준다. 오랜 시간의 흐름에 비추어 자신이 살아온 날들을 실존적 전율로 회상해 보는 심경心境의 풍경첩이라고 명명해도 좋을 것이다. 이제 그 매혹적 사랑의 세계로 한 걸음 들어가 보도록 하자.

2. 삶의 근원적 문양紋樣에 대한 기억과 성찰

서정시는 오랫동안 마음에 새겨 온 삶의 근원적 문양紋樣을 스스로 기억하고 성찰하는 방법을 통해 발원하는 양식이다. 시인의 마음에 왔다가 사라져가는 낱낱 순간들은 절절한 기억으로 남아 시인의 삶과 정서를 이끌고 충격하면서 언어적 형식을 얻어 간다. 그 안에는 오랫동안 몸에 묻어 두었을 경험적 흔적들이 녹아 있고, 시인이 희원해 온 간절함도 담겨 있을 것이다. 이러한 속성은 시 쓰기가 언어 생성을 통해 존재 생성에 이르는 과정임을 선명하게 증언한다. 여영현 시인은 오랜 기억의 에너지로 그러한 과정을 하나하나 이루어 가면서, 한동안 어둑했지만 환하게 다가오는 신생의 순간들을 채록해 간다. 이는 사라져 간 순간을 기억의 형식으로 복원해 내는 과정과 함께 현재형의 삶에 대한 서늘한 해석을 동반하게 된다. 다음 작품을 먼저 읽어 보자.

너의 이름에 주목한다
그렇게 불리는 것은
그렇게 살았다는 것이다
나는 어두운 바닷속으로 잠수하고 있다
작살을 등에 꽂은 채 팽팽하게 밧줄을 당긴다

향유고래는 기름을 가진 고래라는 뜻이다
한때 도시는 그 기름으로 등잔을 켜고
가로등을 밝혔다

나는 무슨 이름으로 쓰일까?

칠흑 같은 바닥에 불을 놓는다
나의 뇌가 남김없이 타고 나면
그렇게 불릴 것이다

지식노동자.

—「향유고래」 전문

첫 시집에서도 섬과 파도와 수평선의 상상력을 유감없이 보여 준 시인은 그 시선을 넓혀 '향유고래'를 향한다. '향유고래'는 그 이름에서 끼쳐지듯, 깊고 어두운 바닷속에 살면서 '향유香油'를 품고 있는 존재자로 그려진다. 그 이름에 주목한 시인은 "그렇게 불리는 것은/ 그렇게 살았다는 것"임을 강조하면서 "기름을 가진 고래"라는 뜻의 이름이 '향유고래'의 삶을 규정했음을 암시한다. 한때 그 기름으로 등잔을 켜고 살았던 시대가 있었거니와, 그 이름처럼 "나는 무슨 이름으로 쓰일까?"를 생각하는 시인은 자신도 "칠흑 같은 바다에 불을" 놓을 때 뇌가 남김없이 타고 나면 "지식노동자"라고 불릴 것을 예감한다. '향유고래'의 '향유'가 누군가의 등불이 되었듯이, '지식노동자'도 누군가의 삶에 '지식'이라는 순결한 노동을 바쳐 갈 것이다. 물론 그 어조 안에는 피로감과 반성적 사유도 그득하지만, 반어적으로 읽어 보면 뇌의 에너지가 소진될 때까지 걸어갈 실존적 직임職任이 '지식노동'임을 고백하는 순간이기도 할 것이다. 이처럼 여영현 시인은 시집 곳곳에서 여러 실존적 난경難境에도 불구하고 궁극적으로는 "나에게 맞는 운명을 선택할 것"(「내가 결정한다」)임을 강조하고 있다. 다음은 어떠한가.

햇감자가 나오는 오월엔 넝쿨장미도 붉다
장미가 핀 집은 담장이 높고 피아노 소리가 들렸다
천국이 그런 곳이라 상상했다

오월까지도 등록금을 못 내는 사람은
나밖에 없었다

담임선생이 집에 돌아가서 등록금을 가져오라 했을 때,
어느 집 마당가, 넝쿨장미만 하염없이 보았다

그날 저녁을 굶다가 부엌에서 몰래 삼킨 감자에
된통 체했다

내 속의 노란 열다섯 살을 토해 낼 때,
엄마가 등을 두드리고 바늘을 찾았다

실로 챙챙 감은 엄지가 파랗게 죽었다
바늘로 따니 장미처럼 동그랗게 피가 맺혔다

아프재? 엄마도 마이 아프다

그 다음 날에도 등록금은 없었다
어머니의 넝쿨은 가시뿐이었다
그래도 꽃말은 사랑이었다.

—「넝쿨장미」 전문

이번에는 바다를 떠나 오월 '넝쿨장미'다. 넝쿨장미는 담장 높고 피아노 소리 들리는 집에서 피었다. 어린 화자는 그곳이 꼭 '천국' 같다고 생각했다. 높은 담장과 은은하게 들리는 피아노 소리 반대편에 오월이 되어도 등록금을 못 내는 화자가 있다. 등록금을 가져오라는 학교 요청에도 그는 "어느 집 마당가, 넝쿨장미"만 하염없이 바라볼 뿐이다. 햇감자 나오는 오월은 그렇게 "가난의 색상이 있다는 걸"(「복수」) 어린 시인에게 알게 해 주었다. 저녁을 굶고는 부엌에서 몰래 삼킨 감자에 체한 열다섯 어린 아들에게 어머니는 등록금 대신 바늘을 찾아 엄지손가락을 따 주셨다. "장미처럼 동그랗게 피가" 맺힌 손가락을 두고 어머니가 건네신 "아프재? 엄마도 마이 아프다"라는 말씀은 지금도 환청처럼 들려온다. 그 순간은 비록 "어머니의 넝쿨은 가시뿐"이었지만 넝쿨장미의 "꽃말은 사랑"이었음을 하염없이 떠올려 준다. "가족의 병력에는 가난이라고 썼다"(「음압 병동」)고도 고백한 시인의 내력과 마음 한 자락이 잔잔하게 펼쳐진 작품이다.

이처럼 여영현 시편에는 생의 아득한 심연에서 전해져 오는 마음의 파동이 줄곧 담겨 있다. 시인은 그것을 아름다운 사랑의 기억으로 기록함으로써 한편으로는 지상의 실재들이 사라져 가는 소실점을 탐구하고, 다른 한편으로는 스스로의 삶에 잠재해 있는 지극한 순간을 탈환하려고 애쓴다. 다소 낭만적인 자기 규정과 자유로운 발상이 그의 시로 하여금 자기 토로라는 서정시의 구극究極을 구현해 가게끔 해 주는 것이다. 비록 시인이 '넝쿨장미'처럼 사라져 간 것들을 되부르는 일에 매진하고는 있지만 그것은 어느새 '향유고래'에서 유추한 '지식노동자'처럼 시인의 실존적 현재형이 되어 주고 있기 때문이다. 이렇듯 삶과 사물을 바라보고 배열하는 그의 시선은 지나간 장면의 절실함과 현재적 조건의 애잔함을 함께 비춰 준다. 그렇게 시인은 인상적 장면에 대한 기억의 현상학을 수행하면서도 그것이 어떤 근원적 의미를 지니는지에 대하여 진지하게 질문해 간다. 이때 그의 시는 사물이나 현상으로 하여금 그러한 내밀한 경험을 담아내는 상상적 거소居所가 되게 해 주고 있다. 언어의 지시적 의미를 넘어 삶의 근원을 묻는 이러한 작법은 시인의 외따로운 사랑의 경험을 거듭 구체화해 준다. 그것이 삶의 미학으로 승화하면서 여영현 시의 아름다운 언어로 한없이 번져 가고 있는 것이다.

3. '섬'이 환기하는 윤리적 페이소스와 사랑의 기억

대개의 서정시는 자기 기원(origin)에 대한 탐구와 동질적 자기 확인 과정을 창작 동기로 삼는다. 비록 그것이 자신의 바깥을 향해 발언하고 있다고 하더라도, 서정시의 존재 방식이 궁극적 자기 귀환을 시도하는 데 있다는 사실이 변하지는 않는다. 그만큼 서정시의 저류底流에는 시인 자신이 오랫동안 겪은 절실한 경험 가운데 가장 깊은 기억의 층이 녹아 있고, 시인이 추구해 온 잔잔한 열망이 잘 드러나 있게 마련이다. 서정시가 근원적으로 원초적 통일성을 회복하고자 하는 것은 주체와 세계가 분리된 경험으로부터 그것들의 순간적 통합을 꾀하고자 하는 성격이 내재해 있기 때문인데, 이때 우리를 감싼 세계와 그것을 인지하는 주체를 이어 주는 것이 이른바 '원초적 통일성'인 셈이다. 말하자면 그것은 지상의 상실된 가치들을 복원하는 유력한 통로를 신념이나 경험에서 찾는 것이 아니라, 오랫동안 쌓아 온 사랑의 기억 속에서 비로소 발견하는 과정을 품고 있다. 그러한 과정은 기억의 재현 작용을 통해 시적 현재형을 구현하는데, 이번 시집의 무게중심도 그러한 통일성을 향하고 있다 할 것이다.

> 겨울바람은 얼마나 앙칼진지
> 수평선을 바라보는
> 돌하르방에도 구멍이 났다
>
> 아무리 열심히 살아도 가난하고
> 아무리 게을러도 부자가 될 수 있다
>
> 그땐 화염병을 꽃병이라 불렀다
> 어머니는 말씀이 없는 분이셨다
> '너마저 그러면 엄만 못 산다'
>
> 그 말 한마디에 여기까지 왔다
> 서귀포에서 다시 서쪽으로 제주도를 돌았다

새들의 묘지도 서쪽이다

혁명도 있는 집 자식이나 했다

서울 동부경찰서에 내리던 싸락눈

아, 내게 남쪽은 어디인가?

—「제주 속으로」 전문

여기서도 어머니는 시인의 기억 중심에 계신다. 이 작품을 가로지르는 서사는 '꽃병-경찰서-혁명'의 단단한 계열체와 '가난-엄만 못 산다-묘지'의 느슨한 계열체가 엇물리면서 한 시대의 초상과 그때를 통과해 온 시인의 내면을 동시에 들려준다. 그렇게 제주 속으로 잠입해 간 시절, 앙칼진 '겨울바람'과 구멍이 난 '돌하르방'은 수평선을 바라보던 시인 자신의 내면적 정황을 고스란히 은유하는 것이었을 터이다. 평소에 말씀이 없으셨던 어머니께서 들려주신 말 한 마디에 제주로, 서귀포로, 다시 서쪽으로 발걸음을 돌린 시인은 언젠가 내리던 그 시절 싸락눈을 떠올리면서 궁극적으로 돌아갈 "남쪽은 어디인가?"를 묻는다. 여영현 청년기의 한 삽화를 엿볼 수 있는 이 시편은 그가 오랜 윤리적 페이소스로 "산다는 건 속울음을 삼키는 일"(「겨울 홍매」)이고 "질문을 멈춘다는 건 관계의 종말"(「컴퓨터의 적멸」)임을 사유하는 시인임을 선명하게 알게 해준다.

내겐 섬이 있다

섬, 하고 걸린 듯 발음하자
단단한 멍울이 생겼다

섬은 떠난 사람을
잊지 못한다

섬, 하고
소리 내어 보라

누군가 떠오르면
더 사랑했다는 뜻이다
너도 섬인 것이다.

—「섬」 전문

아직은 '섬'이다. 섬은 물리적으로 보면 뭍으로부터의 이격과 폐쇄성을 함유하지만, '나' 안의 차원에서 보면 '사랑'의 발원지이자 귀속처로 몸을 바꾼다. '섬'이라고 걸린 듯 발음을 하면 "단단한 멍울"이 생기곤 했던 그 시절 기억들은 이제 "떠난 사람을/ 잊지" 못하고 "더 사랑했다는 뜻"을 은은하게 포괄하고 있다. 그러니 '나'의 안에 섬이 있듯이 사랑했던 '너'도 이제 섬으로 존재하는 것이 아닌가. 이처럼 이번 시집에는 현실적 섬인 '제주'와 원형적 처소인 '섬'의 이중주가 '시인 여영현'의 실존을 동시에 충족하면서 아득하게 펼쳐지고 있다. 그 섬에서 시인은 "물살에 부딪히는 뼈아픈 공명"(「사랑의 썰물」)을 느끼면서 늘 "섬은 어긋나는 발자국"(「노을의 방향」)으로 존재한다는 역리逆理도 보듬어 가고 있는 것이다.

이처럼 자신의 실존적 궤적을 회복해 가려는 의지로 충일한 여영현의 시는 언젠가 사라져 간 누군가를 떠올리고 현재화하는 지향을 깊이 내장하고 있다. 그렇게 돌아온 자리는 폐허를 지나 새로운 재생에 이르는 순간을 품으면서 신성한 자기 긍정의 순간으로 이동해 간다. 자신에게 주어졌던 윤리적 페이소스와 사랑의 기억이야말로 그러한 마음이 뿌리는 원심의 파상波狀과 구심의 흡인력을 한꺼번에 점화點火해 주고 있다. 그렇게 이번 시집은 상실과 회복, 떠남과 귀환의 목소리를 통해 천천히 그러한 세계를 각인해 가고 있다. 존재자들이 남긴 순간성의 미학을 노래한 여영현 시인은 그 과정에서 비롯한 정서적 반응에 자신의 직접적인 실존의 근거를 두면서, 세계로부터 초월하지 않고 삶의 순간성을 통해 세계에 참여한다. 존재론적 결핍을 견디면서 그것을 존재론적으로 심화해 가는 시인의 역량은 여기서 단연 빛을 발한다. 이는 서정시가 인간 존재를 이성적으로 탐구하는 데 그치는 것이 아니라 상상적 현존을 통해서도 파악해 가는 양식임을 선명하게 보여 주는 사례일 것이다. 나아가 그의 시는 끊임없이 우리의 현재적 감각과 인식을 탈환하는 예술로서 자기를 증명하는 더없는 물증으로 우리에게 남을 것이다.

4. '너'라는 감옥, '지나간 사랑'의 노래

다음으로 여영현 시의 무게중심은 현저하게 2인칭에 대한 사랑의 마음을 향한다. 이때 사랑은 대상을 열렬히 욕망하는 데서 생겨나기보다는 대상의 부재에서 오는 상상에서 생성되는 것이다. 물론 그것은 부재를 넘어서는 것이 아니라 부재의 상태에서 발생하는 깨끗한 비애를 수납하는 과정으로 완성된다. 이러한 정서를 바닥에 숨긴 여영현 시인은 지난날에 대한 단순한 기억을 넘어, 실존적 고독과 사랑의 시학으로 무게중심을 옮겨 가는 것이다. 깊고 눈부신 한 순간이 그렇게 현상함으로써 결국 이번 시집은 대상에 대한 가없는 사랑의 불가피성을 노래한 미학적 결실로 다가오게 된다. '사랑이라는 감옥'에서 누리는 형기刑期가 말하자면 그의 시력詩歷과 등가가 되는 셈이다.

내 눈에는 하얀 물고기가 산다
생각의 투명한 뼈가 하느작거렸다
당신이 항상 눈앞에서 아른거린다

공중에 반짝이는 이 아름다운 부유물,
너무 사랑하면 그렇게 된다고
안과의사가 웃었다
비문증이라고 했다

한 번도 벗어나지 못했지만

당신이라는 감옥

참 좋았다.

—「비문증」 전문

앞에서 우리는 '섬'으로 비유된 '너'를 은근하게 만났거니와, 이제 '당신'이라는 2인칭은 단연 여영현 시편들의 주인공으로 등장하기 시작한다. '비문증飛蚊症'은 눈앞에 모기 같은 것이 떠다니는 것처럼 느끼는 증상인데, 아예 시인은 그 감각적 허상을 "하얀 물고기"로 도약시킨다. 때때로 "생각의 투명한 뼈"가 하느작거리기도 했고 어쩌면 "당신이 항상 눈앞에서 아른거린" 적도 많았을 것인데, 그렇게 공중에 반짝이는 "아름다운 부유물"을 안과의사는 비문증이라고 진단한다. 그리고 "너무 사랑하면 그렇게 된다고" 웃으며 말한다. 그러니 그 비문飛蚊은 시인이 한 번도 벗어나지 못했던 "당신이라는 감옥"을 역설적으로 "참 좋았다"라고 고백하게끔 한 비문秘文이었던 셈이다. 그렇게 시인의 눈에 사는 하얀 물고기는 "무얼 새로 본다"(「봄」)는 차원을 선사하고 "그대에게 보색의 한 점이 되고 싶은 순간"(「한치잡이」)까지 환기하고 있다. 아름답고 애틋하고 또 영원성을 품은 '사랑이라는 감옥'을 노래한 사례가 아닐 수 없다.

너무 할 말이 많으면 일렁이게 된다

너무 아프면 반짝이게도 된다

배들이 떠나갈 때
물 자취가 길다
그게 배들의 운명 같기도 하고,
미련 같기도 하다

아주 큰 스크루를 달고도
깊은 바다를 지나가는 배들은
속도가 느리다

살면서 가장 아름다울 때는,
죽고 싶을 때였다
먼 섬들이 편도처럼 부었다

미련이 많으면
바다가 깊다
허무해서 돌아보면
더 깊다.

—「사랑이 그렇게 지나갔다」 전문

이 아름다운 작품은 미련과 허무로 돌아보면 더욱 깊게 다가오는 바다처럼 남겨진 '사랑'의 기억을 다루고 있다. "너무 할 말이 많으면" 바다처럼 일렁이고 "너무 아프면" 바다처럼 반짝이기도 했던 그 사랑은 배들이 떠나갈 때 남기는 기나긴 물 자취처럼 사라져 갔다. 아주 큰 스크루를 달고도 느리게 가는 "배들의 운명"처럼 시인은 "살면서 가장 아름다울 때"가 사랑 때문에 "죽고 싶을 때"였음을 느리게 추억한다. 그때 머나먼 섬들이 부풀어 올랐고 시인의 사랑은, 그리고 그 애절한 슬픔의 기억은 지나가버렸다. 자연스럽게 시인이 "정작 남기고 싶은 말은 수면에 흩어"(「그대의 설형문자」)져 버렸고 "밤이면 외눈박이 등대가 교대로 불침번을 서는/ 섬은 적막한 사막"(「위도에서」)이 되어 갔을 것이다.

여영현의 시는 시인 스스로에 대한 기억을 이처럼 새롭게 구성하면서, 우리로 하여금 오랜 시간의 원리를 따라 사랑의 시학에 대한 경험을 치르게끔 한다. 미세한 마음의 움직임을 불가피한 기억의 울타리 안에 담음으로써 이러한 서정의 원리를 한껏 충족해 간다. 그러한 원리로 설계된 이번 시집의 가장 깊은 곳에는 지나간 사랑과 여전한 사랑의 균형추가 숨겨져 있다. 이들은 매우 근원적이고 명징한 삶의 이법理法에 대해 시인에게 자신만의 목소리를 지금도 건네고 있는데, 그 목소리는 시인이 내밀하게 견지해 온 경험의 크나큰 자양이 되어 주었을 것이다. 이러한 사례를 통해 우리는 시인의 상상력에 의해 재구성된 작품 내적 목소리를 뚜렷하게 듣게 되고, 사랑이라는 감옥이 사실은 시인의 마음에 남아 재구성된 미학적 설계라는 것을 알게 된다. 시인은 의식 건너편에 있는 이러한 기억들을 소환하여 우리에게 자신만의 사랑의 세계를 경험시켜 주면서, 그 결과가 바로 사라져 간 사랑에 대한 매혹적이고도 아득한 노래임을 알려 주고 있다.

5. '중심의 파동'과 '바닥의 힘'

사실상 서정시는 우리가 정신적으로 탈환하고 회복해야 할 종요로운 가치를 형상적으로 수습하고 집적한 언어예술이다. 여영현 시인은 자신의 폭넓은 시공간의 동선을 따라 이러한 가치의 흔적들을 정성스럽게 만지면서 한없이 뜨거운 목소리를 우리에게 전한다. 그리고 그 순간마다 타자들을 마음 가득 품어 안았을 것이다. 이러한 타자 지향의 시선이 건네주는 실감은 변방의 존재자들을 통해 일종의 궁극적 관심을 부여하려는 마음을 담고 있다. 그래서 우리는 낮고 느릿한 시선을 담은 그의 시를 통해 그의 시적 전언傳言이 추상적 선언에 있는 것이 아니라 낱낱 존재자들을 향한 실감에 있음을 알아 가게 된다. 나아가 이러한 전언은 삶의 나른한 관성에 새로운 정서적 충격을 줌으로써 시선의 깊이를 지속적으로 선사해 갈 것이다.

> 나무를 잘 다루었다는군, 나무를 잘 다루는 사람은 대게 과묵하고
> 손바닥에 상처가 많지 그가 바로 그런 경우이지
>
> 주기도문은 톱밥처럼 공장에 온기를 던졌지만,

때론 쇳밥 먹는 애들이 죽음의 십자가를 대신 들기도
하지
쇳가루도 첫눈처럼 쓸쓸할 때가 많아……

예나 지금이나 현자는 정신을 다루지만 나무가 가진
중심의 파동을 느낄 때만 목수는
대패를 미는 거야

로마의 형틀이자 새로운 형식의 침대,
그는 죽기 전에 엄마보다
아버지를 찾았다는군, 부성이 수천 년 동안
결핍된 증거야
둥글게 팔을 벌리면 아버지는
햇빛으로 강림하지

나보다 생일은 두 달이 늦고
죽을 땐 열 살이나 어렸네
살다 보니 그중에 제일 어려운 게 사랑이라
가끔 눈물을 흘려

세상 한쪽으로 넘어가는 나무처럼,
죽어서도 제 몫의 뿌리를 끌고 가는
저 목수의 근성.

—「어떤 아이」 전문

이 작품의 제목 '어떤 아이'는 누구인가? 과묵한 '그'는 나무를 잘 다루어 손바닥에 상처가 많다. '주기도문'과 '십자가=형틀'과 '목수'라는 세목은 모두 신약성서가 증언하는 한 청년을 향하고 있다. 그 역사성 위로 '온기'와 '죽음'이 교차하고, "나무가 가진/ 중심의 파동"을 따라 "죽기 전에 엄마보다/ 아버지를 찾았다는" 청년 목수가 어른거린다. 삶에서 "제일 어려운 게 사랑"이라고 깨달을 때마다 가끔씩 눈물을 흘리는 그는 "세상 한쪽으로 넘어가는 나무처럼" 죽어서도 제 몫의 뿌리를 끌어가고 있다. 시인은 목수의 오래고도 신성한 근성을 따라 잠시 '어떤 아이'의 죽음과 온기와 "제 몫의 뿌리"를 사유한다. 이 모든 것이 가장 깊은 존재론적 기원으로서의 신성神聖을 사유하는 시인의 형이상학적 면모가 간취되는 순간이다. 가장 어리고 상처가 많은 '어떤 아이'가 역사 속에서 가장 "아름다운/ 문양으로 남는"(「용평을 떠남」) 역설이 이렇게 개성적으로 그려진 것이다.

바닥은 무언가 받아 낸다
그렇게 친절하진 않지만
완전히 나 몰라라 하지도 않는다

항상 끝이다 생각될 때
바닥을 믿어 보라
넘어진 아이도 바닥을 짚고 일어서고
떨어지는 공도 바닥에서 튕긴다

씨앗들도 바닥에서부터 자란다

바닥은 힘이 세다
진짜는 무언가 변하게 한다
당신도 바닥을 칠 수 있다.

—「바닥의 힘」 전문

여기서 바닥은 물리적 '바닥(bottom)'이자 존재론적 '바닥(basis)'이기도 하다. 가장 밑바닥에 위치하면서 가장 역동적으로 그 다음을 예비하는 '바닥'은 끊임없이 모든 존재자들을 넉넉하게 받아들인다. 시인은 "항상 끝이다 생각될 때/ 바닥을 믿어 보라"고 권면하는데, 가령 넘어진 아이도 바닥을 짚고 일어서고 떨어진 공도 바닥에서 튕겨 오르지 않는가. 씨앗들도 바닥에서 자라듯이 바닥은 언제나 힘이 세다. 그러니 시인은 바닥을 치면 '진짜'인 바닥이 무언가를 변하게 할 것임을 예리하게 강조하고 있다. 그렇게 '바닥의 힘'은 편재적이고 근원적인 인간 조건의 에너지로 존재한다. 당연히 시인이 보기에 "꽃은 바닥에 닿기까지 그 짧은 파문으로/ 이름을 남긴"(「낮술」) 것이다.

결국 여영현의 시는 뭇 존재자들을 바라보는 따뜻한 사랑의 시선을 일관되게 보여 준다. 우리는 시인이 안타까워하는 현실 질서가 의외로 굳고 견고한 데다, 그가 눈을 들어 바라보는 상상적 표지標識 역시 사랑의 슬픔을 배음背音으로 하는 경우가 많다는 사실에 이르게 된다. 그러나 시인은 보잘것없는 존재자들이 가지는 존엄에 대한 역설적 인식을 잃지 않는다. 이러한 상상력이 바로 약하고 어린 자들의 삶에 대한 강한 옹호로 기울어 가게끔 하는 힘으로 작용하고 있는 것이다. 이처럼 시인은 주변의 존재자들에 대한 사랑의 언어를 지속적으로 들려줌으로써 우리 시대의 주류 질서에 대한 시인 나름의 대항 논리를 구축해 가고 있다. 오래고 느리고 작고 아픈 존재자들을 통해 '중심의 파동'과 '바닥의 힘'을 출렁이게 하고 있는 것이다.

6.

우리는 모든 기억이 사실은 또 하나의 생성을 예비하는 단계라는 것을 잘 알고 있다. 특별히 사람의 일이 그러한데, 자신을 존재하게끔 해 준 기원의 의미를 띤 사례의 경우 그 기억은 충만과 결핍의 가능성을 견지하면서 상실감과 그리움을 동시에 가져다준다. 이때 우리는 소멸의 자연스러움을 받아들이기도 하고 우리가 궁극적으로 사라져 가는 존재자임을 실감으로 수용하기도 한다. 사라져 가는 존재자들을 바라보는 여영현 시인의 언어는 일상이 가지는 리듬에 인지적 충격을 가함으로써 자신을 반성적으로 들여다볼 수 있는 힘을 부여해 준다는 점에서 또 하나의 생성을 준비하는 미학적 세계라고 할 수 있을 것이다.

결국 시인은 자신의 정서나 감각, 가치판단을 이번 시집에 담아냄으로써 하나의 장관을 이루어 냈다. 우리는 그의 시를 읽음으로써 정서적 위안을 얻기도 하고 상황적 충격을 받기도 하며 감각적 즐거움을 경험하기도 하였다. 이때 그의 시에 나타난 정서는 가치 있고 균형과 조화를 이루는 방향으로 조직되어 있는 경우가 많다. 그만큼 시인은 삶에 대한 오랜 실존적 고백을 남겨 주었고 세계와 사물로 확장되어 가는 감각 또한 보여 주었다. 그것은 철저하게 시인 자신의 실존적 성찰과 다짐을 배경으로 하여 발원하였기 때문에 우리는 그 안에서 시인이 치러 온 회감과 예감의 순간을 더없이 경험할 수 있었던 것이다.

궁극적으로 여영현의 이번 시집은 그러한 과정의 수행을 통해 자신의 실존으로 귀환하는 속성을 담아낸 결실이다. 그는 우리에게 삶의 심층적 이면을 이루고 있는 것이 바로 사랑의 마음이라는 사실을 알려 준다. 그 마음이 심미적 실감으로 다가오면서 이번 시집은 사랑의 미학을 정점에서 구가해 갈 것이다. 그리고 우리 시단에 밝고 역동적인 파문을 천천히 불러올 것이다. 그 환한 심미성으로 다가오는 시적 존재론이 이번 시집의 출발점이자 귀착지였던 셈이다. 이렇게 깊은 세계를 완성한 시인은 이러한 성취를 품고 넘어서면서, 더욱 진화한 다음 세계로 건너갈 것이다. 그리고 이 폐허와 절멸의 시대를 견디게끔 해 주는 언어의 사제司祭로 도약할 것이다. 이제 우리는, 여영현 시인의 빼어난 성취를 축하하면서, 개개 시편의 마지막 문장에 반드시 마침표를 찍은 그가 그 마침표처럼 더욱 단정하고 완결

된 미학적 진경進境으로 나아가게 되기를, 마음 깊이 소망해 보는 것이다.